Medium Robert Zobel
Prophezeiungen 2022 - 2050

Robert Zobel

Medium Robert Zobel

Prophezeiungen 2022 - 2050

Bibliografische Info er Deutschen
Nationalbibliothek
Die Deutsche Nati hek verzeichnet
diese Publikation i schen
Nationalbibliografi rte bibliografische
Daten sind im Internet über http://dnb.d-nb.de
abrufbar.

Herstellung und Verlag: BoD- Books on Demand, Norderstedt;

ISBN 9783755742180

9,99 Euro

Lieber Mitmensch,

ich habe mich unter Kiffzeug gesetzt und bin meinen Empfindungen nachgegangen. Ich bin mir felsenfest sicher, dass jemand im Jahre 2051 dieses Buch als größte mediale Offenbarung bezeichnen, die es je gab. Kurzum: Ich habe da eine Begabung, die ein Tor in die Zukunft eröffnet. Dieses Buch wird nicht nur in dieser Dimension veröffentlicht, sondern auch in 1288 anderen Realitäten.

Jede Voraussage befindet sich auf einer Seite. Lies wirklich bedacht. Ein Satz kann manchmal die Erkenntnis beinhalten. Pass auf Dich auf, mien Jung. Ich zeige Dir die Schwierigkeiten auf. Berechne sie.

Dein Robert Zobel.

Die noch intensivere und kommende
Zäsur des Internets wird eine Renaissance
der Bücher bringen. (Gut für mich)

Die, die gar nichts haben, werden die Gewinner sein.

Geselligkeit wird ein Spießrutenlauf.

Bald wird jedes getrunkene Glas Alkohol den monatlichen Preis Deines KrankenkassenBeitrags bestimmen.

Es gibt keine Rente mehr. Es gibt nur einen Betrag für die, die nicht arbeiten wollen und einen, für die, die es tun.

Die NutztierBauern werden zur Rechenschaft gezogen. Man bindet sie auf ihrem Hof an und lässt alle Tiere drüber laufen.

Sparvermögen gehört der Masse.

Jeder in Deiner Umgebung sieht es,
wenn Du die Heizung anmachst.

Whatsapp wird moderiert

Alte Helden werden zertreten

Die Zeitung gibt täglich vor, wie man sich
zu verhalten hat.

Freiheit gibt es nur noch im digitalen
Raum als Utopie

Der Name „Stefan“ wird eine große Rolle spielen.

Jeder versucht nicht „normal“ zu sein um
in der normalen Verschiedenheit
untertauchen zu können.

Es wird Kontakt aufgenommen.

Da, wo einst Ratten waren sind nun Kameras.

Es gibt hunderte Blasen, aber keine einheitliche Realität mehr.

Bitcoin gilt nur im digitalen Leben.

Gold ist nichts mehr wert.

Der Stoff Fluor wird verboten.

Jemand wird die Wahrheit ins Wanken bringen.

Sie werden sich holen, was Du ihnen genommen hast, ohne es zu wissen.

Skandal im Spermabezirk

Die Wohnung geht nur auf, wenn der vergangene Tag moralisch unverwerflich war.

Ein normales Gespräch ist ein Laufen
durch ein Minenfeld.

Schau nicht aus der Masse, sonst fällt
Dein Kopf

Es gibt digitale Zeitreisen mit Schleiern.

Kleide Dich grün.

Manchmal schläfst Du 10 Tage.

Dein Personalausweis ist in Dir.

Dein Spiegelbild wird schöner sein, als Du selbst bist.

Der DANN-Strang macht das Match

Eine Insel verschwindet gänzlich

Sehr viele Tote und vier Täter

Viele werden ihre Seele verkauft haben.

Manches Sperma ist besonders viel wert.

Es gibt ein Loch zwischen Normalbürger
und Oberschaft. Es sickert öffentlich und
wird hart gestopft.

Die Versuche beginnen Träume
aufzuzeichnen.

Natürliche Auslese ist klar ersichtlich.

Der, der mit dem Körperschmuck.

Hunde werden getötet

Große Erdölkatastrophe die einen schlimmen Impuls setzt.

Ein Keller offenbart viel Wahrheit. Die Informationen müssen schnell gesogen werden.

Säureträinen rieseln in den Staub.

Ein blütenweißes Lächeln wird viel Rot erzeugen.

Eine ganz neue Währung erscheint.

Viele schlafen sich weg

Seine Spuren sind schlimmer als er selbst.
Er trägt sein Wappen um seinen Hals.

Wenn man nach oben ruft, so wird nun geantwortet.

Du wirst wachgespritzt.

Eine Invasion der Dummen vernichtet immer Wissen.

Schatten werden Schmuck

Du tust nichts für Dich alleine, sondern immer nur für die Gesellschaft.

Sparflamme

Tote durch Optimierung

Ein großes Brummen überall in der Welt.

Handelswege brechen nach
Jahrhunderten vollkommen ein.

Viele sind nur noch Beifahrer.

Es riecht nach Vanille

Ein Sprung ins Nichts führt in neue Dimensionen. Viel Freude trifft auf Tod.

Du bist nicht in mir, aber ich in Dir.

Die Fälle häufen sich. Nichts kann ausgeschlossen werden. Es ist der Tiger.

Sie erzählt von ihrem Leben, aber lügt.

Zwischenmenschlichkeit wird
unmenschlich.

Passwörter sind verpönt

Mehrere glänzenden Scheiben in Paris

Das was gegeben wird, kommt halbiert zurück.

An die Mauern wird geschrieben und
diese weichen.

Ein Säugling überlebt sehr viel Wasser.
Gotteserscheinung.

Es kommt in der Nacht, hat vier Beine
und nimmt zwei.

Dein Fußabdruck wird Dein Verhängnis

Lass Dich nicht knicken. Knicken ist ein halbes Töten. Lass es nicht zu!

Wie hat Dich dieses Buch erreicht? Warum hast Du es gekauft, warum folgst Du diesen Zeilen? He, alles wird gut. Bleib in Dir selbst ruhig, besonnen, tolerant und neugierig und es fruchtet.

Sie trägt es offen vor sich und verhöhnt uns. Viele demonstrieren, aber nicht lange.

Das Rolltor kappt eine Dynastie

Diese Kräuter gibt es gar nicht

Nur Zeitlupen werden die Entscheidung
bringen.

Ein Hut wird Dich tragen

Ein Werbespot warnt vor eigenen Produkten.

Gut riechen und gleichzeitig sterben.

Die lauteste Musik, die es je gab.

Es gibt einen Verbrennungswert des Gehirns.

Engel sind zeitreisende Aliens

Traue nicht allen Kräutern.

Du brauchst Verstecke für Deine Identität
und Vergangenheit.

Wenn die Zugabe nicht gewesen wäre…

Blaue Flammen im Meer

Es gibt immer nur zwei Seiten.

Rekordpreis für Sneaker

Jemand gibt die Verantwortung ab und rettet somit Leben.

Mehrere Luftströme bringen sehr viel Chaos.

Blas Dich nicht zu sehr auf. Das wird sonst zu auffällig.

Kinofilm: Baby Terminator

Makel werden zu Orden